Du b
le loup!

BLANDINE AUBIN

ILLUSTRATIONS
DE FRÉDÉRIC PILLOT

Chapitre 1

Ce matin, Bob et Léon font la grasse
matinée. Mais brusquement
leur sœur Lili vient les réveiller.

– Dites donc, les garçons !
Ça fait une heure
que je vous attends
pour le grand nettoyage
de l'année ! Vous voulez que
je le fasse à votre place ou quoi ?

Stupéfaits, ses frères la regardent,
puis Bob glousse d'un air innocent :
– Nous ? Pas du tout, Lili !
On allait justement faire un peu
d'exercice pour s'échauffer !
Avec malice, Léon ajoute :

       – Tu n'as qu'à t'occuper
      du grenier, sœurette. Bob
    et moi, on se charge du reste !

Non loin de là, à travers une lunette,
quelqu'un observe les moutons
en cachette. C'est Loupetou,
le grand méchant loup !
Le glouton salive de gourmandise :
– Tiens, on dirait
qu'ils sont
réveillés…

Le loup ouvre son magazine préféré :
– Ça tombe bien :
dans mon journal
Le Loup futé,
il y a justement
des idées pour
attraper les moutons. Commençons
par la première ! Comme dans
l'histoire des trois petits cochons,
je vais souffler sur leur maison…

Peu de temps après, une silhouette
surgit devant chez Léon, Bob et Lili.
Loupetou sourit :
– Parfait, les moutons sont
en train de jouer. J'y vais !

Le filou souffle une première fois
pour s'échauffer.
Ffffff, la maisonnette frémit !
Puis Loupetou reprend une longue,
une très longue inspiration…

Soudain, **eurk**, **pouah**, **berk**,
il se met à tousser et à cracher !
Juste au-dessus de lui, à la fenêtre
du grenier, Lili secoue son balai :
– Désolée pour la poussière,
Loupetou ! La prochaine fois,
préviens-moi quand tu passes par là !

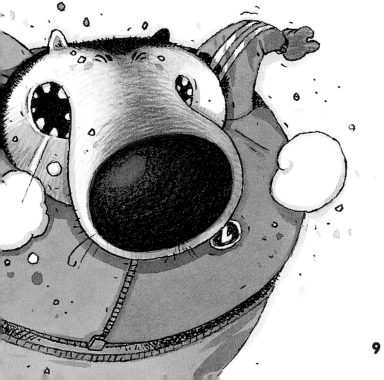

Chapitre 2

Vexé, le loup rentre chez lui consulter son journal *Le Loup futé* :

– Sapristi, tout est loupé à cause de cette Lili !

Je dois changer d'idée, mais cette fois ça va marcher. Comme dans l'histoire des sept chevreaux, je vais **montrer patte blanche** au carreau !

Dans le salon, au lieu de nettoyer,
Bob et Léon regardent la télévision.
Toc toc, Loupetou frappe à la porte :
– Petits, puis-je entrer
dans votre **logis** ?

Léon répond :
– Bien sûr !
Montre-nous ta patte
blanche, et on ouvrira !
Riant sous cape, le loup trempe
sa patte dans de la peinture et, **plaf**,
il la pose bien à plat sur la vitre.

C'est alors
que la voix
de Lili retentit :
– **Oh oh !** Des traces
sur les carreaux ? Vite,
mon seau d'eau !

La seconde d'après,
splash, Loupetou
se retrouve trempé
de la tête aux pieds !

À la fenêtre, Lili lui dit :
– Désolée pour l'eau, Loupetou !
La prochaine fois,
préviens-moi quand
tu passes par là !

En rage, le loup rentre chez lui
consulter son journal *Le Loup futé* :
– Sapristi, c'est encore loupé
à cause de Lili ! Je dois changer
d'idée, mais cette fois ça va marcher.
Comme dans l'histoire du Petit
Chaperon rouge, je vais me faire
passer pour une mémé !

Chers garçons,

Je vous invite pour le goûter
à l'autre bout de la forêt.
Surtout, venez sans Lili,
sinon elle voudra tout manger.

Une mamie qui
vous veut du bien.

La forêt

mamie

Votre
maison

Le Pont

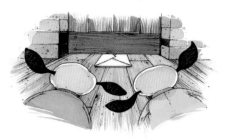

Chapitre 3

L'après-midi venu, un papier
est glissé sous la porte des moutons.
Bob le ramasse et le lit à Léon.
Une invitation à goûter ?
Quelle chance ! En un éclair,
les deux frères sont prêts :
      – Lili ? On revient !
      Nous avons
      une course à faire !

Bob et Léon traversent la forêt et, sans le savoir, ils sonnent chez Loupetou. **Dring!**
– Bonjour, mamie!
C'est nous! On est affamés!
Derrière la porte, Loupetou répond d'une voix qui chevrote:
– Moi aussi, mes petits. **Tirez la chevillette, la bobinette cherra...**

Bob et Léon entrent sans se méfier.
Aussitôt, le loup les fait prisonniers !

– **Hé hé**, je l'avais dit ! Ça a
marché sans Lili ! Le temps
de faire chauffer la marmite,
et je vais me régaler !
Bob et Léon sont catastrophés.
Vite, une idée !

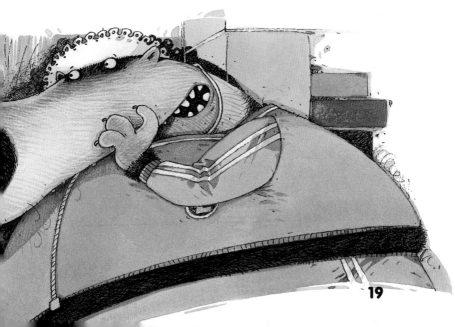

Léon s'exclame :
– Pour cuisiner, il faut
d'abord faire ta vaisselle,
Loupetou ! L'évier déborde de partout !
Le loup sursaute, **désappointé** :
– La vaisselle ? Oh non, ça va
prendre une éternité…

Bob ajoute d'un air innocent :
– Justement, si tu nous laisses
t'aider, ton repas sera plus vite prêt !
En grognant, le loup détache
ses prisonniers. Léon saisit
le liquide vaisselle :
– Comme c'est très
sale, on va mettre toute
la bouteille ! Et après, on ajoutera
beaucoup d'eau…

Sitôt dit, sitôt fait. Comme par magie, un nuage de mousse blanche envahit la maison. Le loup se retrouve soulevé jusqu'au plafond ! À travers la mousse, Bob et Léon **filent en douce**…

À toute vitesse, ils courent rejoindre leur maisonnette proprette, et ils serrent leur petite sœur contre leur cœur :
– Tu sais quoi, Lili ?
Finalement,
le ménage,
ça a du bon.
La prochaine fois,
promis, on s'en occupe
du sol au plafond !

Fin

© 2013 éditions Milan
300, rue Léon-Joulin, 31101 Toulouse Cedex 9, France
www.editionsmilan.com
Loi 49.956 du 16.7.1949 sur les publications destinées à la jeunesse
Dépôt légal : 1er trimestre 2014
ISBN : 978-2-7459-5886-0
Achevé d'imprimer en France par Pollina - L67506e
Mise en pages : Graphicat

Ce titre est une reprise du magazine *J'apprends à lire* n° 117.